AF401043

ARGENT ET ADRESSE,

OU

LE PETIT MENSONGE,

COMÉDIE

EN UN ACTE ET EN PROSE;

Par le Citoyen ***.

Représentée, pour la première fois, au théâtre de Louvois, le 19 germinal, an 10, par les comédiens de l'Odéon.

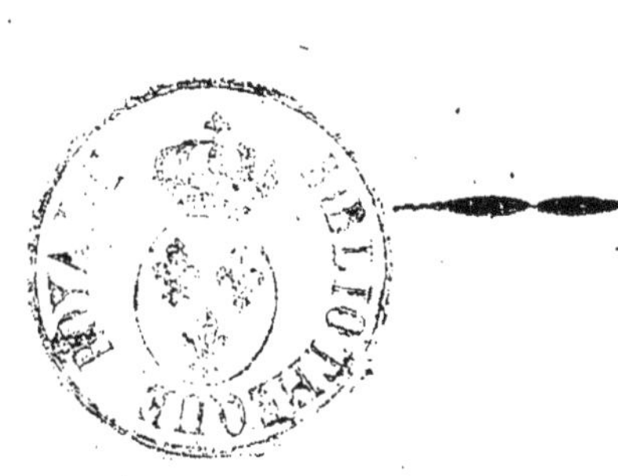

A PARIS,

Chez BARBA, libraire, Palais du Tribunat, galerie derrière le Théâtre Français de la République, n°. 51.

AN X. (1802.)

PERSONNAGES.	ACTEURS.
DERVAL, amant d'Hortense.	*Valcour.*
S.-FIRMIN, ami de Derval.	*Clozel.*
COUPRIN, ancien marchand de draps.	*Picard.*
Mad. DALVILLE, veuve.	Mad. *Molé.*
HORTENSE, sa fille.	Mlle *Adeline.*
LAFLEUR, valet de S.-Firmin.	*Typhaine.*
Deux Porteurs d'argent, personnages muets.	

La scène se passe dans un hôtel garni.

Nota. Les acteurs sont en tête de chaque scène tels qu'ils doivent être au théâtre. Le premier inscrit est à droite.

ARGENT ET ADRESSE,

OU

LE PETIT MENSONGE.

Le théâtre représente un salon commun aux appartemens de Derval et de madame Dalville, une table à droite, du papier et de l'encre dessus.

SCENE PREMIÈRE.
DERVAL, S.-FIRMIN

S.-FIRMIN, *entrant avec Derval.*

Ah ! je te trouve enfin. Où diable as-tu été te loger dans le fond du faubourg Saint-Germain ? on n'habite plus que la Chaussée-d'Antin ; mais enfin te voilà, que je t'embrasse.

DERVAL.

De tout mon cœur. On a du te dire que j'avais passé chez toi aussitôt après mon arrivée à Paris.

S.-FIRMIN.

Oui ; mais j'étais à la campagne, et je suis de retour d'hier seulement. Eh bien ! mon cher, comment te trouves-tu à Paris ? viens-tu enfin t'y fixer tout-à-fait ?

DERVAL.

J'en suis plus éloigné que jamais, et je serais déjà reparti pour Orléans sans le désir que j'avais de te voir.

S.-FIRMIN.

Eh ! quoi ! tu ne viens faire qu'une apparition ? mais quelle idée est cela ? comment, ne vois-tu pas que l'on ne vit qu'ici ? Les bals vont commencer, tous les plaisirs vont arriver en foule, et tu veux nous quitter ? vraiment, la province t'a gâté ; je ne reconnais plus ton caractère : lorsque nous étions au collège ensemble tu étais aussi fou que moi.

DERVAL, *souriant.*

Ah , je n'ai jamais été de ta force.

S.-FIRMIN.

Ma foi , peu s'en fallait. Te rappelles-tu tous les tours que nous jouions aux professeurs ? eh bien, je suis toujours le même ; et tandis que , pleurant tes jeunes erreurs, tu te tournais à la philosophie, je me suis amusé aux dépens du genre humain ; les prudes , les pédans et les ennuyeux ont remplacés pour moi nos régens de collège , et je brille enfin sur un théâtre plus digne de mes exploits.

DERVAL.

Je m'apperçois que tu n'as pas changé.

S.-FIRMIN.

Parbleu , c'est ce que je pourrais faire de pis ; ma manière est la bonne puisque je suis heureux. Point de chagrins , point d'idées noires ; nous sommes dans ce monde pour jouir. Eh bien , je jouis des plaisirs du jour , du souvenir de la veille, et de l'espoir du lendemain ; tu vois qu'il n'y a pas de tems de perdu.

DERVAL.

Puisses-tu rester long-tems dans cette situation.

S.-FIRMIN.

Mais qu'as-tu ? je te trouve plus triste qu'à ton dernier voyage. Tu as quelque chagrins ?... peut-être pas d'argent ? j'ai cinquante louis sur moi , et j'espère...

DERVAL.

Je te remercie ; mais je n'en ai pas besoin. Tu sais que ma fortune suffit à ma manière de vivre.

S.-FIRMIN.

A la bonne heure. Cependant j'exige que tu m'apprennes le sujet de ta mélancolie. Quelqu'en soit la cause , je pourrai peut-être t'aider de mes conseils, au moins.

DERVAL, *souriant.*

Ah ! certainement.

S.-FIRMIN.

Tu crois rire ; mais je t'étonnerais dans ce genre-là. Enfin, parle.

DERVAL.

Eh bien… mais tu vas te moquer de moi.

S.-FIRMIN.

C'est possible ; dis toujours.

DERVAL.

Eh bien , mon ami, c'est que… je suis amoureux , fou.

S.-FIRMIN.

Que cela? eh bien ! avais-je tort quand je disais que je pouvais t'aider ? dis-moi seulement le nom et l'adresse de ta maîtresse. Veux-tu lui faire parvenir des lettres ? obtenir un rendez-vous ? éloigner des surveillants ? gagner des valets? enlever la dame , enfin ; tout cela est de mon ressort et sera fait ce soir.

DERVAL.

Eh non ! je ne veux rien de tout cela.

S.-FIRMIN.

Que diable veux-tu donc ?

DERVAL.

Je veux que tu m'écoutes d'abord.

S.-FIRMIN.

Ah! cela serait peut-être plus difficile.

DERVAL.

J'en ai peur. Tu sauras que celle que j'aime est la fille de madame Dalville, riche veuve des environs de Bordeaux , que je ne sais quel procès a fait venir à Paris ; elle loge dans cet hôtel avec l'aimable Hortense , sa fille.

S.-FIRMIN.

Eh bien , rien n'est plus commode.

DERVAL.

Dans les commencemens , certainement, j'étais admis chez elle et je voyais Hortense chaque jour ; mais la porte m'a été fermée depuis.

S.-FIRMIN.

Depuis qu'on a su que tu n'épouserais pas?

DERVAL.

Au contraire , depuis que j'ai offert d'épouser.

S.-FIRMIN.

Voilà qui est extraordinaire , et par quelle raison ?

DERVAL.

Je t'ai dit que cette madame Dalville était riche , elle est de plus fort intéressée ; et lorsque , d'après ma proposition , elle m'a interrogé sur ma fortune , l'aveu que je lui ai fait de sa modicité m'a perdu.

S.-FIRMIN.

Elle t'a refusé ?

DERVAL.

Et m'a défendu de voir sa fille.

S.-FIRMIN.

C'est bien fait ; pourquoi es-tu si mal-adroit.

DERVAL.

Comment ?

S.-FIRMIN.

Sans doute ; tu vas avouer à cette femme , qui aime l'argent , que tu n'as que mille écus de rente.

DERVAL.

Eh quoi ! pouvais-je mentir ?

S.-FIRMIN.

Mais tu n'as donc aucun principe ? apprends que lorsqu'on demande une fille en mariage , ou du crédit à un marchand , on ne saurait se dire trop riche.

DERVAL.

Mais la probité...

S.-FIRMIN.

Je vais te prouver que la probité n'eût été blessé en aucune manière. La jeune personne se contentait-elle de ta fortune ?

DERVAL.

Oui , sans doute ; je puis même me flatter d'en être aimé ; sa mère seule...

S.-FIRMIN.

Mais tu n'épousais pas la mère ? Sa façon de voir , à cet égard , était donc fort indifférente. Le point important etait qu'elle te donnât sa fille , et que tout le monde fut content. Rien de tout cela n'est arrivé , donc tu n'as pas le sens commun ; au reste , quel est ton projet maintenant ?

DERVAL.

De quitter à jamais Paris, et de renoncer pour toujours à l'amour.

S.-FIRMIN.

Voilà un plan très-sage, et sur-tout fort amusant à suivre. Seul dans ta terre, loin de tous les humains, tu pourras plus librement exhaler ta douloureuse plainte ; cela sera fort gai, et je ne vois guères d'autre parti à prendre pour toi.

DERVAL.

Veux-tu que je reste ici pour voir marier Hortense ?

S.-FIRMIN.

Comment ! on la marie ?

DERVAL.

Peut-être dans huit jours.

S.-FIRMIN.

Mais sais-tu bien que voilà qui vaut la peine qu'on y pense. Je n'aime pas trop à me mêler de mariage parce que le genre sérieux n'est pas ma partie. Cependant rompre un hymen prêt à se conclure, pour en former un autre, il y a là quelque chose qui me tente, et je me charge de te la faire épouser.

DERVAL.

Tu es fou.

S.-FIRMIN.

Non, tu verras. Mais es-tu bien sûr qu'on veuille la marier à un autre ?

DERVAL.

Oui, très-sûr. Madame Dalville la donne à un certain Couprin, vieux imbécille, fort riche.

S.-FIRMIN.

Couprin !... N'est-ce pas un ancien marchand de drap ?

DERVAL.

Précisément.

S.-FIRMIN.

Embrasse-moi, mon ami, la fille est à toi. Je connais beaucoup ce Couprin, nous en ferons ce que nous voudrons. Tu es bien sûr du cœur de la jeune personne ?

DERVAL.

Oui ; et c'est par elle que je suis instruit de tout ce qui se passe.

S.-FIRMIN.

A merveille ! maintenant il faut dresser un plan ; si je..... oh ! non, cela est trop connu. Si... non, non... Si Couprin, lui-même , nous aidait... Fort bien... m'y voilà. Je vais aller chez lui pour préparer les choses ; mais sur-tout laisse-moi dire et faire dans tout ceci comme je l'entendrai ; ne parle point à madame Dalville , ne fais aucune démarche avant mon retour.

DERVAL.

Quel est ton projet ?

S.-FIRMIN.

C'est mon affaire. Mais le tems presse , il faut voir notre dupe. Je prendrai le premier prétexte pour arriver chez lui , et. . . .

DERVAL.

Il serait possible qu'il ne tardât pas à venir faire sa cour à ces dames ; c'est assez son usage tous les matins ; en restant dans cette chambre, nous le verrions arriver , car cette pièce sert d'entrée à l'appartement de madame Dalville aussi bien qu'au mien.

S.-FIRMIN.

Ah ! j'aimerais bien mieux le rencontrer que d'aller le trouver ; cela a l'air bien plus naturel.

DERVAL.

Ne fais rien au moins qui puisse compromettre Hortense ou moi.

S.-FIRMIN.

Laisse-moi faire , te dis-je.

DERVAL.

Mais , si...

S.-FIRMIN.

Ah ! que de si , que de mais ; puisque je te dis que je suis sûr de mon fait ; tu ne connais donc pas cette tête-là ?

DERVAL.

Au contraire , et c'est précisément... Mais quelqu'un vient, c'est sans doute notre homme , lui-même ; prends garde.

S.-FIRMIN.

Sois tranquille , et sur-tout ne me déments en rien.

SCÈNE II.

DERVAL, S.-FIRMIN, COUPRIN.

S.-FIRMIN.

Eh ! que vois-je ! c'est le cher monsieur Couprin !

COUPRIN.

C'est monsieur S. - Firmin !

S.-FIRMIN.

Comment va la santé ?

COUPRIN.

Prêt à vous rendre mes petits devoirs, si j'en étais capable.

S.-FIRMIN.

Il faut convenir , monsieur Couprin , que vous êtes l'enfant gâté de la nature ; il y a un siècle que je vous connais et vous me paraissez rajeûnir tous les ans.

COUPRIN.

Il est vrai que pour un homme de cinquante ans bientôt je suis encore vert.

S.-FIRMIN.

Comment, vert ! mais dites donc que j'ai l'air d'être votre aîné.

COUPRIN.

Je vous ai vu cependant bien petit ; c'est moi qui ai fourni le drap pour votre premier matelot.

S.-FIRMIN.

Et je suis sûr que vous fournissiez bien en conscience ; car vous étiez connu pour le plus franc commerçant de votre tems.

COUPRIN.

Je tâchais que chacun fût content.

S.-FIRMIN.

Derval, tu vois monsieur Couprin, la perle des marchands de draps ; il n'a jamais fait pour un sou de crédit.

COUPRIN.

Ecoutez donc, écoutez donc ; ce n'est que par ce moyen que je me suis mis en état de quitter le commerce beaucoup plutôt que ne le font la plupart de mes confrères.

B

S.-FIRMIN.

Et maintenant vous vous reposez.

COUPRIN.

Oui, j'ai vendu mon fond et je vivote avec les économies que j'ai pu faire.

S.-FIRMIN.

Enfin, vous vous trouvez assez riche ?

COUPRIN.

Mais je ne me plains pas. D'ailleurs, quand je trouve encore quelque occasion sûre de faire valoir mes fonds...

S.-FIRMIN.

A propos de fonds !... eh ! parbleu ! Derval, monsieur Couprin pourrait nous être utile pour l'affaire dont tu me parlais tout-à-l'heure.

DERVAL, *à part.*

Comment ! que veut-il dire ?

S.-FIRMIN.

C'est que je connais son obligeance.

COUPRIN.

Certainement... je serais charmé de vous rendre service ; mais permettez, s'il s'agissait de prêter de l'argent, dans ce moment...

S.-FIRMIN.

Oh ! s'il s'agissait de prêter de l'argent je ne m'adresserais pas à vous ; non, voici le fait : mon ami Derval que vous voyez, un des premiers négocians d'Orléans, désirerait employer à Paris, dans quelque établissement sûr, cent mille francs qu'il vient de recevoir et qui lui sont inutiles pour le présent ; vous pourriez peut-être nous enseigner un honnête homme que cela obligerait autant que Derval.

DERVAL, *à part.*

Est-il fou ?

COUPRIN.

Cent mille francs ! mais écoutez donc, c'est une terrible somme ! il faudrait d'abord savoir à quelles conditions monsieur désirerait placer ?

S.-FIRMIN.

Ah ! aux conditions les plus avantageuses pour celui qui ferait l'affaire. Derval, ne pouvant rester à Paris, donnerait son argent, l'associé donnerait ses soins, et les bénéfices seraient partagés entre deux ; n'est-ce pas là ce que tu m'as dit ?

C O U P R I N.

Vous avez bien raison ; voilà des conditions fort avantageuses.

S. - F I R M I N.

Certainement Derval pourrait offrir moins ; mais quand on a sa fortune on n'y regarde pas de si près, pourvu que l'on soit sûr de l'homme à qui l'on a affaire. (*confidemment à Couprin.*) C'est un millionaire.

C O U P R I N.

Diable ! et monsieur a dans ce moment cette somme disponible ?

S. - F I R M I N, *bas à Derval.*

Parle donc.

D E R V A L, *bas à S. - Firmin.*

Mais à quoi bon ?

S. - F I R M I N, *de même.*

Parle toujours.

D E R V A L, *haut.*

Il est vrai qu'il ne m'est pas plus difficile de la donner aujourd'hui que demain.

C O U P R I N, *à part.*

Quelle affaire ! (*haut.*) J'aurais bien quelque chose à vous proposer ; mais je ne sais si cela vous conviendrait.

S. - F I R M I N.

Qu'est-ce que c'est ?

C O U P R I N.

Un de mes amis intimes, un fort honnête homme, vient d'établir, il y a quelques mois, une maison de commerce dans laquelle on doit doubler ses fonds en peu de tems

S. - F I R M I N.

Doubler ses fonds ! mais il me semble que tu n'en demandes pas davantage ; et cette maison de commerce, c'est...

C O U P R I N.

Un lombard.

S. - F I R M I N.

Un lombard, aimerais-tu cela ?

DERVAL.

Mais, je ne sais...

S.-FIRMIN.

Aime tu mieux... (*bas à Derval.*) perdre ta maitresse ? tu
m'impatientes.

DERVAL, *bas à Firmin.*

Quel est ton projet ?

S.-FIRMIN, *bas à Derval.*

Tu le verras, soutiens-moi, seulement.

COUPRIN, *à part.*

Ils se consultent, peut-être a-t-il des craintes. (*haut.*)
Permettez, permettez ; je dois vous ajouter que je me rendrai caution pour mon ami, et monsieur S. - Firmin sait que
ma fortune...

S.-FIRMIN.

Vous vous rendrez caution pour votre ami ? quel cœur ! je
gage que vous aimez cet homme-là comme vous-même.

COUPRIN.

Il faut bien obliger quelquefois.

S.-FIRMIN.

Eh bien ! Derval, qu'en penses-tu ? un lombard ! on ne
peut faire le commerce d'une manière plus sûre.

COUPRIN.

Il est vrai qu'on n'a pas de banqueroute à craindre.

DERVAL.

Mais je penche autant pour un lombard que pour autre
chose.

S.-FIRMIN.

Cependant, faites vos réflexions ; les cent mille francs ne
seront livrés que sur votre cautionnement.

COUPRIN.

Sans difficulté ; aujourd'hui même je m'engagerai si cela
vous convient.

S.-FIRMIN.

Aujourd'hui ! combien te faut-il de tems pour rassembler
tes fonds ?

DERVAL.

Mais tu sais cela mieux que moi.

S.-FIRMIN, *à Couprin.*

C'est qu'il y en a une partie chez mon père. Eh bien, tout peut-être prêt avant ce soir. Nous aurions pu causer sur la manière de faire dresser l'acte si tu n'avais pas ce rendez-vous à midi. Il est midi moins un quart, trouvons-nous dans une heure chez le cher monsieur Couprin. Ne logez-vous pas ici proche ?

COUPRIN.

Deux portes après celle-ci.

S.-FIRMIN.

Cela suffit. (*à Derval.*) Tu t'y rendras. (*bas.*) Tu ne t'y rendras pas.

DERVAL.

Volontiers.

COUPRIN.

Je vous attendrai ; je vais seulement faire une petite visite dans cette maison et je rentre chez moi tout de suite.

S.-FIRMIN.

Est-ce que vous connaissez quelqu'un ici ?

COUPRIN.

Oui, des dames.

S.-FIRMIN.

Ah ! monsieur Couprin, quelque amourette, je parie ; prenez garde, prenez garde, voilà comme la jeunesse se perd.

COUPRIN.

Toujours facétieux. Au reste, rien ne nuit aux affaires ; et si monsieur prend en moi la confiance que j'ose dire mériter, il n'aura pas à s'en repentir.

S.-FIRMIN, *bas à Couprin.*

Laissez faire, je vais lui parler de vous d'une manière...

COUPRIN.

Ah ! vous êtes trop bon.

S.-FIRMIN.

Non, c'est que vous pouvez lui être très-utile dans cette affaire ; et, d'après la confiance que nous vous témoignons, je suis sûr que vous servirez Derval aux dépens de vos propres intérêts.

COUPRIN.

Je vous en réponds.

S. - FIRMIN, *s'en allant.*

Ainsi donc dans une heure.

COUPRIN, *le retenant.*

Ecoutez donc, permettéz : puis-je espérer que monsieur Derval ne proposera pas l'affaire à un autre avant que nous nous soyons revus ?

DERVAL.

Ah ! je vous en donne ma parole.

COUPRIN.

Je compte donc sur elle.

S. - FIRMIN.

Et nous sur vous ; au revoir, mon cher monsieur Couprin.

COUPRIN.

Messieurs, votre très-humble.

SCENE III.

COUPRIN, *seul.*

Il faut convenir que je suis bien heureux de m'être trouvé là dans une semblable circonstance. Cent mille francs sans intérêt, une moitié dans les bénéfices, la bonne affaire ! je dois gagner des millions. D'après l'immense fortune de ce jeune homme, il doit lui suffire de trouver à placer d'une manière sûre et un peu avantageuse. Ah ! j'espère que nous terminerons. Je compte beaucoup sur monsieur S. - Firmin ; c'est un brave jeune homme qui a meilleur tête que je n'aurais cru ; peut-être espère-t-il avoir un petit intérêt dans cette affaire... Ma foi ? écoutez donc, qu'à cela ne tienne, on peut bien faire quelque sacrifice pour avoir à sa disposition cent mille francs ; mais voici madame Dalville ; voyons comment vont les amours.

SCENE IV.

COUPRIN, Mad. DALVILLE.

Mad. DALVILLE.

C'est vous, monsieur Couprin ? pourquoi n'entrez-vous pas ?

COUPRIN.

C'est ce que j'allais faire , madame ; mais je ne suis pas fâché de causer un moment avec vous avant de voir mademoiselle votre fille. Ecoutez donc , je m'appercois avec peine que loin de faire aucun progrès sur son esprit , je lui déplais chaque jour davantage.

Mad. DALVILLE.

Ma fille est une sotte qui ne sait pas ce qui lui convient.

COUPRIN.

Je ne dis pas cela ; mais elle m'a encore déclaré hier très-positivement qu'elle ne m'épouserait jamais.

Mad. DALVILLE.

Voyez la petite ridicule ! il faudra bien qu'elle finisse par faire ma volonté , j'espère.

COUPRIN.

J'entends bien ; mais écoutez donc , il faudrait savoir quand elle finira par là , car j'ai cinquante ans , et...

Mad. DALVILLE.

Elle vous trouve trop vieux ; voilà le fait

COUPRIN.

Elle devrait cependant bien penser que , pendant tous ces délais je ne rajeûnis pas ; au contraire , le chagrin que tout cela me donne nuit à ma bonne mine ordinaire.

Mad. DALVILLE.

Soyez tranquille , je vais lui parler ce matin , et lui déclarer que je veux qu'elle signe demain.

COUPRIN.

Représentez-lui bien que je l'aimerai comme si je n'avais que vingt ans.

Mad. DALVILLE.

Laissez faire.

COUPRIN.

Que je la rendrai aussi heureuse que l'a été la défunte madame Couprin.

Mad. DALVILLE.

Oui.

COUPRIN.

Ecoutez donc , écoutez donc ; appuyez sur-tout sur ce que je la prends sans dot : ce qui est , ce me semble , la plus grande preuve d'amour qu'on puisse donner.

Mad. DALVILLE.

Je n'oublierai pas cela.

COUPRIN.

Permettez, permettez. Il faudrait aussi lui parler des avantages que je lui fais ; tout mon bien, après ma mort, et mon bien, entre nous soit dit, vous savez que cela n'est pas peu de chose.

Mad. DALVILLE.

Assurément.

COUPRIN.

Loin de le dissiper en étourdi chaque jour je l'augmente.

Mad. DALVILLE.

Ah ! je sais que vous êtes fort riche.

COUPRIN, *mystérieusement.*

Et peut-être, en ce moment, suis-je à la veille de doubler ma fortune.

Mad. DALVILLE.

Comment cela ?

COUPRIN.

Je vous prie, la plus grande discrétion.

Mad. DALVILLE.

Soyez tranquille.

COUPRIN.

J'ai tout lieu de penser que ce soir même un riche négociant d'Orléans me confie cent mille francs, sans autre charge de ma part que de les faire valoir et de lui rendre moitié des bénéfices ; vous jugez ce que l'on peut faire en ce moment avec une pareille somme.

Mad. DALVILLE.

Voilà une excellente affaire ! mais êtes-vous sûr qu'elle réussisse ?

COUPRIN.

Autant que l'on peut l'être d'une chose qui n'est pas encore terminée. J'ai rendez-vous avec lui chez moi dans une demie heure. Le hasard m'a procuré cette bonne connaissance ; comme ce négociant loge dans cette maison...

Mad. DALVILLE.

Il loge dans cette maison ?

COUPRIN.

Oui, son nom est Derval ; il est d'Orléans.

Mad. DALVILLE.

Derval ! vous badinez, sans doute ?

COUPRIN.

Non, non, il s'appelle Derval.

Mad. DALVILLE.

Allons donc ! le Derval qui loge dans cette maison n'est point négociant et n'a que ce qu'il lui faut pour vivre.

COUPRIN.

Vous le connaissez donc ?

Mad. DALVILLE.

Fort peu ; mais je suis certaine de ce que je vous dis ; s'il vous a proposé cent mille francs, il s'est moqué de vous.

COUPRIN.

Mais écoutez donc, ce n'est pas lui qui me les a proposé, c'est monsieur S.-Firmin, fils du banquier de ce nom, fort honnête jeune homme, que je connais depuis sa naissance, et qui n'a aucun intérêt à me tromper.

Mad. DALVILLE.

Cela se peut, mais je vous dis, moi, que ce Derval n'a pas le sou ; on assure même qu'il fait à Paris plus de dépense que sa fortune ne peut le lui permettre.

COUPRIN.

Je crois bien qu'il fait de la dépense ; c'est un milionnaire.

Mad. DALVILLE.

On vous trompe, vous dis-je.

COUPRIN.

On me trompe, on me trompe, permettez-moi donc : s'il s'agissait de m'emprunter de l'argent, cela serait possible ; mais il s'agit de m'en donner, quel serait leur but ?

Mad. DALVILLE.

De s'amuser.

COUPRIN.

Ah ! beau motif ! ne saurais-je pas, avant la fin de la journée, ce qui en est au juste ? que risquai-je ? il faut avant tout que l'on me compte les cent mille francs.

Mad. DALVILLE.

Nous verrons cela.

COUPRIN.

Certainement nous le verrons. Plus j'y pense et plus je vois que vous êtes dans l'erreur à ce sujet; car, écoutez donc, je leur suppose des raisons pour m'abuser, ce que je ne pourrais concevoir; eh bien, on m'aurait pressé, j'aurais vu plus de chaleur de la part du jeune homme; au contraire, il semblait se soucier fort peu que je fisse ou non l'affaire. Sans le hasard qui m'a fait me trouver ici, on ne m'en aurait jamais parlé, ainsi que voulez-vous que j'en pense.

Mad. DALVILLE.

Je ne sais, mais il y a la-dessous quelque chose que je ne conçois pas.

COUPRIN.

Au reste, nous serons bientôt au fait; et comme je disais tout-à-l'heure, je ne risque rien.

Mad. DALVILLE.

Sans doute, il faut toujours voir comment cela finira; mais tenez-vous sur vos gardes.

COUPRIN.

Ah! soyez tranquille; ce n'est pas moi que l'on attrappe.

SCENE V.

LES PRÉCÉDENS, LAFLEUR, deux Porteurs, *chargés de sacs d'argent.*

COUPRIN.

Que veulent ces porteurs?

LAFLEUR, *frappant à la porte de Derval qui est à droite.*

Monsieur Derval?

UN DOMESTIQUE, *du dedans.*

Monsieur Derval est sorti.

LAFLEUR.

Ouvrez toujours, il faut que vous me donniez un reçu de l'argent que lui envoie son banquier.

LE DOMESTIQUE, *ouvrant.*

Entrez.   (*ils entrent.*)

C O U P R I N , *à madame Dalville.*

Eh-bien ?

Mad. DALVILLE.

Je n'y conçois rien.

COUPRIN.

Il y a là dix mille francs au moins.

Mad. DALVILLE.

Qu'est-ce que cela prouve ?

COUPRIN.

Que de ces fonds, dont nous avons parlé ce matin, une partie était chez monsieur S.-Firmin, et vous voyez qu'il les retire ainsi qu'il me l'avait dit ; tout cela est simple, j'espère.

Mad. DALVILLE.

Si nous pouvions questionner les porteurs.

COUPRIN.

Je m'en charge, moi.

Mad. DALVILLE.

Il faudrait savoir adroitement...

COUPRIN.

Laissez-moi faire.

Mad. DALVILLE, *à part, pendant que Couprin regarde à la porte de Derval.*

Serait-il possible ?... Mais pour quelle raison m'aurait-il caché... Non, non, cela ne se peut.

COUPRIN.

Voici les porteurs qui reviennent.

LAFLEUR, *sortant de chez Derval, au domestique.*

Ne sortez pas, parce que nous allons en rapporter autant.

COUPRIN, *à madame Dalville.*

Entendez-vous ? (*à Lafleur.*) Mon ami, écoutez donc ; un mot, s'il vous plait : vous venez de chez monsieur S. - Firmin, je pense ?

LAFLEUR.

Oui, monsieur.

COUPRIN.

Et c'est à monsieur Derval que vous apportez cet argent ?

LAFLEUR.

Oui.

COUPRIN.

Négociant d'Orléans ?

LAFLEUR.

Oui, monsieur.

COUPRIN.

Immensément riche ?

LAFLEUR.

Oh ! je vous en réponds.

Mad. DALVILLE.

Mais êtes-vous bien sûr que ce soit pour lui ?

LAFLEUR.

Pardi ! nous y venons assez souvent ; c'est lui qui nous donne le plus d'ouvrage ; mais aussi il paye bien, il faut être juste.

Mad. DALVILLE, *à part.*

Tout cela me confond.

COUPRIN.

En vous remerciant, mes amis ; je suis fâché de vous avoir arrêté.

LAFLEUR.

Il n'y a pas de quoi, monsieur ; je vous salue.

SCENE VI.

COUPRIN, Mad. DALVILLE.

COUPRIN.

Vous conviendrez que toutes les apparences sont pour moi.

Mad. DALVILLE.

Oui, mais je n'en suis pas plus convaincue.

COUPRIN.

Quand je tiendrai les cent mille francs, conviendrez-vous enfin que vous êtes mal informée ?

Mad. DALVILLE.

A cela je n'aurai rien à dire.

COUPRIN.

Je vais donc me hâter de finir cette affaire ; l'heure de notre rendez-vous approche, je reviendrai aussitôt vous en donner des nouvelles. J'espère alors voir la belle Hortence et la trouver moins cruelle ; mais soyez assurée que s'il y a une

dupe dans tout ceci ce ne sera pas moi. Au revoir , madame
Dalville.

Mad. DALVILLE.

Allez, monsieur Couprin ; je ne sortirai pas avant votre
retour.

SCENE VII.

Mad. DALVILLE, seule.

Je me perds dans mes conjectures. Se pourrait-il que monsieur Derval m'eût trompé sur sa fortune ! mais à quoi bon ?
il savait bien qu'un pareil mensonge lui ferait perdre la main
de ma fille. Cependant je me rappelle à présent de l'avoir vû
agir dans quelques circonstances avec une noblesse , une générosité , qui démentaient ce qu'il ma dit sur la médiocreté
de sa fortune... Oh ! mon dieu , s'il était en effet aussi riche
qu'on le dit, et que j'eusse manqué ce parti pour ma fille , je
ne m'en consolerais pas. . . . Je ne sais , mais à ce qu'à dit ce
porteur, qui ne pouvait pas savoir l'intérêt que nous prenions
à ses discours , la confiance de monsieur Couprin , qui , en
matière d'argent , n'est pas facile à tromper , tout me fait
craindre d'avoir fait une sottise, d'autant plus qu'il respecte
mes ordres et ne se présente plus devant nous ; tant de fierté...
Questionnons Hortence , et sachons si effectivement il a
tout-à-fait renoncé à elle. Hortence ! Hortence !

SCENE VIII.

Mad. DALVILLE, HORTENCE.

HORTENCE.

Me voilà.

Mad. DALVILLE.

Approchez , mademoiselle , et sur-tout répondez vrai.

HORTENCE.

Oui, ma mère.

Mad. DALVILLE.

Depuis le jour où je vous ai défendu de parler à monsieur
Derval , avez-vous eu quelque entretien avec lui ?

HORTENCE.

Oh! mon dieu, non.

Mad. DALVILLE.

Mais l'avez-vous rencontré quelquefois en sortant avec Julie?

HORTENCE.

Je l'ai rencontré une fois.

Mad. DALVILLE.

A-t-il essayé de vous parler?

HORTENCE.

Non, ma mère.

Mad. DALVILLE.

Mais au moins il vous a regardé?

HORTENCE.

Je ne sais pas.

Mad. DALVILLE.

La sotte! qui ne sait pas si on la regarde ou non, comme si une femme ne remarquait pas ses choses-là. Il n'a jamais cherché à vous faire parvenir aucune lettre?

HORTENCE, *à part.*

Je tremble....

Mad. DALVILLE.

Eh bien!

HORTENCE.

Il n'aurait pas osé.

Mad. DALVILLE.

Ainsi il ne cherche pas à vous rencontrer; et quand il vous rencontre, il ne vous parle ni ne vous regarde? voilà un attachement bien tendre que vous lui avez inspiré. Vous croyiez cependant qu'il vous aimait.

HORTENCE.

Oh! oui, il m'aimait.

Mad. DALVILLE.

Il y a grande apparence, puisqu'il ne pense plus à vous.

HORTENCE.

Mais, ma mère, vous m'aviez défendu...

Mad. DALVILLE.

J'avais défendu... j'avais défendu... oui, j'avais défendu alors.

HORTENCE.

Eh bien, nous avons obéi.

Mad. DALVILLE.

Quelle est simple ! allons, rentrez, mademoiselle... Ah ! écoutez. Lorsque monsieur Derval vous parlait de mariage, a-t-il été quelquefois question entre vous de sa fortune ?

HORTENCE.

Oui, ma mère.

Mad. DALVILLE.

Et que vous disait-il ?

HORTENCE.

Il me disait qu'il croyait le bonheur fort indépendant de la richesse ; qu'en mariage, lorsqu'on s'aimait, l'on était toujours assez riche.

Mad. DALVILLE.

Et que répondiez-vous à ces sornettes ?

HORTENCE.

Mais...

Mad. DALVILLE.

Eh bien ?

HORTENCE.

Mais...j'étais de son avis.

Mad. DALVILLE.

Cependant il aurait consenti à prendre votre dot, et peut-être ce motif...

HORTENCE.

Je vous jure qu'il n'y a jamais pensé. Il m'a dit souvent que ce qu'il vous plairait de faire à cet égard lui était fort indifférent, et que nous pouvions nous en passer.

Mad. DALVILLE, *à part.*

Qu'il pouvait s'en passer... voilà qui est étrange ! monsieur Couprin aurait-il raison ?

HORTENCE.

Rappellez-vous aussi, ma mère, qu'il n'a jamais fait aucune question sur notre fortune, et que toutes ses manières annonçaient toujours le plus grand désintéressement.

Mad. DALVILLE.

Il est vrai.

HORTENCE.

Il me disait souvent: » Si mon revenu ne vous suffisait
» pas, je suis jeune et le commerce m'offre des moyens de
» m'enrichir en peu de tems. »

Mad. DALVILLE.

Il te disait cela ?

HORTENCE.

Oui, ma mère, et il ajoutait : » Si votre cœur reste tou-
» jours le même, Hortence, nous serons heureux, et votre
» mère s'applaudira un jour de m'avoir préféré. »

Mad. DALVILLE.

Pourquoi donc ne me disait-il pas de ces choses-là ?

HORTENCE.

Il vous l'a dit cent fois , ma mère.

Mad. DALVILLE.

Cela se peut ; mais alors j'avais d'autres idées.

HORTENCE.

C'est monsieur Couprin, dont la recherche est venu si mal
à propos... il avait bien besoin de penser à moi.

Mad. DALVILLE.

Mais au moins, monsieur Couprin s'explique ; on sait sur
quoi compter, et ce Derval.

SCENE IX.

LES PRÉCÉDENS, DERVAL.

DERVAL.

(*Il entre dans le sallon par la gauche ; il apperçoit ces
dames, les salue et rentre chez lui.*)

Mad. DALVILLE.

Saluez donc, mademoiselle. (*elle fait une profonde révérence et Derval rentre chez lui.*) Vraiment vous êtes d'une
gaucherie ! vous ne savez donc pas faire la révérence ?

HORTENCE.

Mais, ma mère, je ne savais pas si je devais...

Mad. DALVILLE.

Vous ne savez pas qu'il faut rendre un salut ? vous ai-je défendu d'être honnête ?

HORTENCE.

Cela suffit, ma mère, une autre fois...

Mad. DALVILLE.

Une autre fois! il sera bien tems alors; ce jeune homme va prendre cela pour une impolitesse; vous ne savez jamais agir à propos. Allons, rentrez.

SCENE X.

Mad. DALVILLE, COUPRIN.

COUPRIN.

Vous voyez que je suis homme de parole.

Mad. DALVILLE.

Eh bien?

COUPRIN.

Eh bien, une autre fois vous me croirez, j'espère. Dans une demie heure, je vais toucher les fonds.

Mad. DALVILLE.

Les cent mille francs?

COUPRIN.

Les cent mille francs! ah! madame Dalville, quelle af-faire!

Mad. DALVILLE.

Vous êtes bien sur...

COUPRIN.

Eh! mon dieu! que vous êtes incrédule! permettez donc; quand je vous dis que tout est terminé, que monsieur Der-val a fait mander son notaire, que je vais signer l'acte et toucher les fonds; que diable voulez-vous donc?

Mad. DALVILLE.

Je n'ai rien à répondre à cela.

COUPRIN.

Ce monsieur S.-Firmin est le plus honnête homme!... Il m'a bien fait entendre qu'il espérait tirer un petit intérêt dans cette affaire; mais rien de plus juste, chacun pour soi dans ce monde; et vous entendez bien que dans une sem-blable occasion je ne regarderai pas à un petit cadeau. A propos, écoutez donc; mais, je vous en prie, le plus grand secret sur tout ceci.

D

Mad. D A L V I L L E.

Pourquoi ?

C O U P R I N.

Ah ! pour une raison qui vous fera rire, car j'en ai ri moi-même.

Mad. D A L V I L L E.

Qu'est-ce donc ?

C O U P R I N.

Imaginez-vous que ce monsieur Derval est un espèce d'original, entre nous soit dit ; il s'est fourré dans la tête d'épouser une femme qui le choisirait pour son mérite seul. Il n'est venu à Paris que dans cette intention, sa fortune étant trop connue à Orléans.

Mad. D A L V I L L E.

Mais quelle idée !

C O U P R I N.

Que voulez-vous ? une tête romanesque. Il veut être certain qu'on l'aime pour lui-même. Mais ce qu'il y a de plus plaisant, c'est qu'il ne peut pas trouver ce modèle de désintéressement, et que, jusqu'à présent, il a toujours été refusé ; cela n'est-il pas drôle ?

Mad. D A L V I L L E, *embarrassée*.

Très-drôle.

C O U P R I N.

Monsieur S. - Firmin, qui est plus sage, le tourmente chaque jour pour lui faire changer d'idée. Il voudrait bien lui faire épouser sa sœur qui sera fort riche et qui est très-jolie. Le père S. - Firmin désire beaucoup ce mariage ; mais jusqu'à présent monsieur Derval s'y refuse.

Mad. D A L V I L L E.

Et quelle raison donne-t-il ?

C O U P R I N.

Il veut se marier à son goût, d'après ses idées. La famille S. - Firmin connaît sa fortune, et cela contrarie sa manière de voir.

Mad. D A L V I L L E.

Et monsieur S. - Firmin vous a paru désirer beaucoup cette union ?

COUPRIN.

Ah ! je vous en réponds. Il a même dans ce moment quelque espoir de réussir. S'il y parvient, vous entendez bien que ce mariage fera du bruit ; on saura tout alors ; et je crois que les femmes qui ont rejeté les demandes de monsieur Derval seront un peu sottes, (*riant.*) qu'en pensez-vous ?

Mad. DALVILLE.

Je le pense aussi. (*à part.*) Je suis sur les épines.

COUPRIN.

Mais permettez donc ; je m'amuse ici et je dois passer chez mon notaire pour le consulter sur la manière de faire dresser l'acte. Je ne voulais point tarder à vous annoncer cette bonne nouvelle, car mes affaires deviennent les vôtres, puisque j'ai l'espérance d'entrer bientôt dans la famille... La belle Hortence...

Mad. DALVILLE.

Elle travaille dans sa chambre, vous la verrez dans un autre moment.

COUPRIN.

Soit. Je vous recommande toujours mes petits intérêts auprès d'elle et je vais songer aux nôtres... Mais convenez que les femmes qui ont refusé monsieur Derval seront bien sottes, hein ! qu'en pensez-vous ?　　　　(*il sort en riant.*)

SCENE XI.

Mad. DALVILLE.

Je reste stupéfaite ! que je m'en veux d'en avoir agi si brusquement avec ce monsieur Derval. Revenir maintenant... c'est difficile, oui, mais pas impossible... S'il aimait toujours Hortence... C'est ce qu'il faut savoir... Il faut adroitement... Mais le voici ; faisons quelques tentatives sans nous compromettre.

SCENE XII.

DERVAL, Mad. DALVILLE.

(Derval sort de chez lui et a l'air de vouloir aller dehors.)

Mad. DALVILLE, *allant un peu à lui,*

Bonjour, voisin.

DERVAL.

Madame, je vous salue très-humblement.

Mad. DALVILLE.

On ne vous apperçoit plus.

DERVAL.

J'obéis à vos ordres, madame ; en m'enlevant l'espoir d'obtenir votre aimable fille, vous m'avez aussi enjoint d'éviter sa présence.

Mad. DALVILLE.

Je ne me rappelle pas cela.

DERVAL.

Se pourrait-il. . . . Mais, que dis-je ? la faveur d'être reçu chez vous quelquefois ne ferait qu'ajouter à mon infortune ; voir Hortence et ne pouvoir espérer d'être un jour son époux, ce serait un supplice que je ne pourrais supporter.

Mad. DALVILLE.

Etes-vous encore à Paris pour long-tems ?

DERVAL.

Non, madame. Dès que j'aurai terminé quelques affaires, mon intention est de repartir.

Mad. DALVILLE.

Vous êtes, je crois, d'Orléans ?

DERVAL.

Oui, madame.

Mad. DALVILLE.

Et pourquoi nous quitter sitôt ?

DERVAL, *à part.*

Quelle politesse ! (*haut*) Que ferais-je ici, madame, tout m'y rappelle le faux espoir que j'ai nourri quelque tems et que vous avez détruit sans retour.

Mad. D A L V I L L E.

Mais si vous aimez autant ma fille, pourquoi renoncer aussi promptement à sa main? pourquoi n'avoir pas essayé de me ramener par quelques bonnes raisons?...

D E R V A L.

Ah! madame, quel nouvel effort aurais-je pu tenter? si l'amour le plus tendre, une conduite que j'ose dire irréprochable, n'ont pu me la faire obtenir, quoique selon moi ces titres soient les seuls désirables et les plus sur gàrans d'une heureuse union.

Mad. D A L V I L L E, *à part.*

Nous y voilà.

D E R V A L.

La modicité de ma fortune est, selon vous, un obstacle insurmontable; un autre à ma place se serait dit fort riche; mais de tels moyens répugnent à ma manière de voir, et je ne sentirais le prix de mon bonheur qu'autant que je le devrais seulement à vos bontés et à l'amour d'Hortence.

Mad. D A L V I L L E, *à part.*

Ceci est plus clair pour moi qu'il ne pense. (*haut.*) En effet, si, comme j'ai lieu de l'imaginer, vous n'êtes pas indifférent à ma fille, j'aurais peut-être mieux fait de vous l'accorder qu'à tout autre.

D E R V A L.

Ah! madame, croyez que ma vie entière eût été consacrée à la rendre heureuse.

Mad. D A L V I L L E.

Je n'en doute pas, et ce motif me ferait pencher en votre faveur; mais il faut que je vous avoue une chose: Hortence sera riche, cependant les dépenses que m'occasionnent ce maudit procès m'empêchent de la doter; et c'est pourquoi je ne me souciais pas de la marier maintenant.

D E R V A L.

Eh! madame que dites-vous? que m'importe sa dot, je n'en ai pas besoin; le ciel m'est témoin que je n'y ai jamais pensé, et je suis trop heureux de pouvoir lui prouver que sa personne seule était l'objet de mes recherches.

Mad. D A L V I L L E, *à part.*

A merveille ! (*haut.*) Mais cependant, n'étant pas riche vous-même...

DERVAL.

Ma fortune est peu de chose à la vérité ; mais nous pourrions vivre d'une manière agréable, sur-tout habitant la province.

Mad. D A L V I L L E, *à part.*

Je le crois bien. (*haut.*) Monsieur Derval, votre désintéressement me touche et me décide presque en votre faveur.

DERVAL.

Eh ! quoi, serais-je assez heureux pour pouvoir espérer...

Mad. D A L V I L L E.

Oui, d'autant que je m'apperçois que mafille avait quelque inclination pour vous, et je ne voudrais pas faire son malheur en la donnant à un autre.

DERVAL.

Ah ! madame, croyez que ma reconnaissance....

SCENE XIII.

DERVAL, S.-FIRMIN, Mad. DALVILLE.

S.- F I R M I N, *du fond.*

Ah ! mon dieu, qu'est-ce que je vois ?

DERVAL.

Tu vois le plus heureux des hommes ; madame Dalville me donne sa fille, celle que j'aime, Hortence enfin ; ah ! S.-Firmin, conçois-tu ma félicité ?

S. - F I R M I N, *feignant l'étonnement.*

Ah ! madame te donne sa fille ? il me semble pourtant qu'elle t'avait refusé et que ton défaut de fortune...

DERVAL.

Il n'est plus un obstacle.

S.- F I R M I N.

Mais, madame, imagine peut-être que tu as des espérances.

Mad. D A L V I L L E, *saluant.*

Non, monsieur, je donne ma fille à votre ami sans plus d'explication.

S. - F I R M I N.

Alors je n'ai rien à dire. On m'avait cependant assuré, madame, que vous aviez d'autres projets dans ce moment; et il serait malheureux pour Derval, qu'après s'être flatté d'obtenir celle qu'il aime, il vous vit changer d'idée.

Mad. D A L V I L L E, *impatientée.*

C'est ce qui n'arrivera pas.

D E R V A L, *bas à S. - Firmin.*

Mais tais-toi donc.

S. - F I R M I N.

Non, madame doit excuser la crainte que m'inspire mon amitié pour toi, et j'avoue que j'ai peine à croire qu'un meilleur parti se présentant pour mademoiselle Hortence, madame ne te retira pas sa parole.

Mad. D A L V I L L E.

Mais, monsieur, je ne conçois pas quel intérêt peut vous dicter toutes ces observations qui semblent au moins inutiles.

S. - F I R M I N.

Mais, madame, l'intérêt seul de mon ami me fait agir, je vous jure.

Mad. D A L V I L L E.

Je veux le croire. Eh bien, monsieur, vous pouvez être parfaitement tranquille à cet égard. Le mariage se fera à votre satisfaction; à moins que monsieur Derval ne change d'avis.

D E R V A L.

Changer d'avis! ah! madame, que dites-vous? je mourrais avant de renoncer à Hortence.

Mad. D A L V I L L E.

Cela se peut; mais il paraît que ce mariage ne plaît pas à tout le monde.

D E R V A L, *bas à S. - Firmin.*

Es-tu fou? (*haut*) Quelque soit l'opinion de mon ami, madame, soyez assurée que rien dans le monde ne peut me

faire changer, et je suis prêt à m'angager de toutes les manières que vous pourrez exiger.

S.-FIRMIN.

T'engager ! mais tu vas faire une sottise ; tu t'engagerais et
madame ne s'engagerait pas ?

Mad. DALVILLE.

Et qui m'empêcherait, monsieur, je vous prie ?

S.-FIRMIN.

Quoi ! madame, vous promettriez par dédit de donner
votre fille à Derval ?

Mad. DALVILLE.

Pourquoi pas ?

S.-FIRMIN.

Songez donc, madame, qu'il n'a que six mille francs de
rente au plus.

Mad. DALVILLE.

Il n'importe,

S.-FIRMIN.

Qu'il n'attend point de succession

Mad. DALVILLE.

Cela m'est égal.

S.-FIRMIN.

Que vous faites tous deux une mauvaise affaire.

Mad. DALVILLE.

Nous voulons la faire, je le répète ; si monsieur Derval
signe un dédit, je le signerai aussi.

DERVAL.

En doutez-vous, madame ? ah ! j'engagerais ma vie.

Mad. DALVILLE.

Il suffira, je crois, de cinquante mille francs pour con-
vaincre monsieur.

S.-FIRMIN.

Il n'y a rien ici pour cela.

Mad. DALVILLE.

Pardonnez-moi, voici de l'encre et du papier.

S.-FIRMIN.

Il sera toujours tems ce soir. Dailleurs sur papier mort..

Mad. DALVILLE.

Qu'importe, je ne nierai point ma siguature, ni monsieur

Derval la sienne. Dailleurs vous êtes témoin de l'engagement que nous prenons.

DERVAL, *allant à la table.*

De tout mon cœur. (*il écrit.*) « Je promets d'épouser sous le plus court délai...

S. FIRMIN, *bas à madame Dalville.*

Mais, madame...

Mad. DALVILLE.

J'ai songé à tout, monsieur.

DERVAL, *continuant.*

« Mademoiselle Dalville, ou à payer la somme de cinquante mille francs. » Et je signe.

Mad. DALVILLE, *allant à la table.*

A mon tour. (*elle écrit.*) « Je m'engage à donner ma fille » à monsieur Derval, ou à lui payer cinquante mille francs, » et je signe... (*elle donne son papier à Derval en change du sien.*) Eh bien, monsieur, êtes-vous content ?

S.-FIRMIN.

Oui, madame ; je ne désirais pas autre chose.

Mad. DALVILLE.

J'en suis persuadée. Je vais maintenant instruire Hortence de mes intentions, et le mariage se fera le plutôt possible.

DERVAL.

Ah ! madame, que ne vous dois-je pas ?

SCENE XIV.

HORTENCE, Mad. DALVILLE, DERVAL, S.-FIRMIN.

Mad. DALVILLE.

Venez, ma fille, voici monsieur Derval que je vous donne pour époux.

HORTENCE.

Se peut-il ?

DERVAL.

Oui, belle Hortence, mon bonheur est certain ; puis-je espérer qu'il remplira aussi vos vœux ?

E

HORTENCE.

J'ose avouer que j'obéirai avec joie aux ordres de ma mè e. Mais par quel heureux changement....?

S.-FIRMIN.

Il est tout naturel. Madame cède enfin à sa tendresse pour vous, et renonce à la fausse idée que la fortune seule fasse le bonheur ; n'est-il pas vrai, madame ?

SCENE XV ET DERNIERE.

HORTENCE, Mad. DALVILLE, DERVAL, COUPRIN, S.-FIRMIN.

COUPRIN, *très-empressé.*

Ah ! vous voilà tous ensemble. Permettez, ces dames excuseront ; mais nous allons passer chez monsieur Derval, pour terminer une petite affaire qui m'amène.

Mad. DALVILLE.

Très-volontiers. Après cela, monsieur Couprin, je désirerais vous parler en particulier. Allons, rentrons, Hortence.

S.-FIRMIN.

Non, madame, permettez. Il est inutile que vous nous laissiez ; quand monsieur Couprin saura que mon ami se marie, il trouvera tout naturel qu'il ne puisse dans ce moment s'occuper d'affaires.

COUPRIN.

Ah ! monsieur se marie ? mais écoutez donc, qu'est-ce que cela fait ? je me marie aussi, moi, et cela n'empêche pas....

S-FIRMIN.

Vous vous mariez ? allons donc, vous voulez rire.

COUPRIN.

Non, sur ma parole, j'épouse mademoiselle.

S.-FIRMIN.

Est-ce qu'il dit vrai, madame ?

Mad. DALVILLE.

Il est certain, monsieur Couprin, que je vous avais donné ma parole ; mais la répugnance de ma fille...

C O U P R I N.

J'entends, madame, j'entends, vous avez trouvé mieux ; un peu plus de fortune, j'aurais dû m'y attendre.

S. - F I R M I N.

Ah ! monsieur Couprin , quel indigne soupçon ! loin que ce motif ait décidé madame , le jeune homme qu'elle choisit pour gendre n'est pas riche.

C O U P R I N.

Et ce jeune homme, c'est...

D E R V A L.

C'est moi, monsieur.

C O U P R I N.

Oh ! dieu ! je me suis perdu moi-même.

D E R V A L.

C'est cela.

C O U P R I N.

C'est moi , double sot ; qui ai instruit madame Dalville de l'énorme fortune que possède monsieur Derval ; je lui ai raconté tout ce que vous m'avez dit ce matin.

S. - F I R M I N.

Je vous avais cependant demandé le secret.

C O U P R I N.

Il est vrai ; mais que voulez-vous ? je suis bavard.

S. - F I R M I N.

C'est d'autant plus désagréable, que je voulais bien m'amuser avec vous qui êtes une ancienne connaissance ; mais je ne croyais pas que cette plaisanterie irait jusqu'à madame.

Mad. D A L V I L L E.

Comment ! plaisanterie ?

C O U P R I N.

Qu'entendez-vous par là ?

S. - F I R M I N.

Qu'il n'y a pas un mot de vrai dans tout ce que je vous ai dit.

Mad. D A L V I L L E.

Pas un mot de vrai ?

S. - F I R M I N.

Pas un seul.

Mad. DALVILLE.

Mais, messieurs, vous m'avez donc joué.

DERVAL.

Moi, madame, j'en serais incapable...

S.-FIRMIN.

Derval n'est entré pour rien dans tout ceci, c'est moi seul qui ai eu le désir d'éprouver la discrétion du cher Couprin, et vous me permettrez, madame, de vous rappeller que loin de vous induire en erreur, je n'ai cessé tout-à-l'heure de vous répéter que vous faisiez une mauvaise affaire, que Derval n'avait que six mille livres de rente, et qu'enfin j'ai fait tout au monde pour vous empêcher de signer.

COUPRIN.

Est-ce que le contrat est déjà signé ?

Mad. DALVILLE.

Non, mais, ce qui revient au même, un malheureux dédit de cinquante mille francs.

S.-FIRMIN.

Madame elle-même a fixé la somme.

COUPRIN, *riant*.

Vous avez fixé la somme ?

Mad. DALVILLE.

Et je ne m'en prends qu'à vous qui êtes un vieux fou.

COUPRIN.

Un vieux fou ? c'est bientôt dit cela. Mais permettez donc, qui diable n'y aurait pas été pris ? ces faits, ces porteurs...

S.-FIRMIN.

C'est encore un tour de ma façon, et ces sacs ne renfermaient pas d'argent. Derval n'était instruit de rien, la gloire en est à moi seul ; j'ai tout imaginé, tout conduit, et le résultat prouve que je n'ai pas perdu ma matinée.

Mad. DALVILLE.

Tout cela est à merveille ; mais ma fille ne sera pas le prix d'une intrigue.

S.-FIRMIN.

Cela étant, monsieur Couprin, tâchez de décider Derval à placer dans le lombard les cinquante mille francs qu'il va toucher ; ce sera toujours ça sur les cent mille francs.

CO U P R I N.

Laissez-moi donc tranquille avec vos cent mille francs.

DERVAL.

Non, madame, je suis moi-même honteux de n'avoir pu empêcher la plaisanterie de mon ami d'aller si loin. La main d'Hortence ferait tout mon bonheur ; mais je ne la mettrai jamais à prix, et je renonce aux droits que pourrait me donner cet écrit. (*il lui présente le dédit.*)

COUPRIN.

C'est superbe !

Mad. DALVILLE.

Tant de générosité me désarme ; monsieur Derval, je vous donne ma fille, et je ne pense pas que monsieur Couprin puisse m'en vouloir, puisque c'est à lui seul que vous devez votre bonheur.

COUPRIN.

Permettez, à moi seul... ma foi, je n'ai rien à dire... sinon que je suis un sot.

S.-FIRMIN.

Nous sommes donc d'accord.

COUPRIN.

Plait-il, monsieur ? que voulez-vous dire ?

S.-FIRMIN.

Il faut que j'embrasse le cher monsieur Couprin.

COUPRIN.

Ce n'est pas la peine.

S.-FIRMIN.

Voyez cependant quel changement a opéré mon génie. Hier madame et vous étiez décidés à faire une sottise, la belle Hortence était malheureuse à jamais, Derval allait se pendre, j'arrive et tout rentre dans l'ordre. Rien n'est tel qu'une mauvaise tête pour arranger les affaires.

FIN.

CATALOGUE

Des pièces de théâtre qui se trouvent chez le même Libraire.

TRAGÉDIES

Abdélazis et Zuleima, de Murville.
Abufar, de Ducis, en 4 actes.
Agamemnon, Lemercier.
Epicaris et Néron, en 5 actes.
Fénélon, de Chénier, 5 actes.
Geneviève de Brabant.

Manlius Torquatus.
Marius à Minturne.
Ophis, par l'auteur d'Agamemnon.
Othello, de Ducis.
Thénaïs et Zélisca.
Thimoléon, de Chénier.

COMÉDIES

Abbé (l') de l'Epée, de Bouilly, en 5 actes.
Adélaïde de Bavières, en 3 act.
Alceste à la campagne, Demoustier.
Ami (l') du peuple, en 3 a. en vers.
Ami à l'épreuve, en un acte.
Amis (les) des loix, de Laya.
Arrivée (l') du maître, de Dumaniant.
Artistes (les), en 4 actes, Collin-d'Harleville.
Banquier (le), en 3 actes.
Cadet-Roussel, ou le café des aveugles.
Cadet-Roussel (mort de)
Cadet-Roussel Barbier
Cadet-Roussel maître de déclamation.
Cadet-Roussel, misantrope.
Café d'une petite ville, en 1 acte, en vers.
Canardin, ou les amours du quai de la volaille, parade.
Catherine, ou la belle fermière.
Château (le) des Appennins ou le fantôme.
Chevalier Noir (le), drame en 3 act.
Concilliateur (le), de Demoustier, en 5 actes en vers.
Conteur (le), ou les deux postes, en 3 actes.
Châteaux (les) en Espagne, de Collin-d'Harleville.
Claudine de Florian, 3 act.
Coelina ou l'enfant du mystère, 3 actes.
Commissionnaire (le) ou Cange.
Cordonnier (le) de Damas.
Crac dans son petit castel, en un acte, en vers, de Collin.
Crimes (les) de la noblesse.
Défiances et malice, en 1 acte.

Désespoir de Jocrisse, de Dorvigny.
Deux font la paire.
Deux mères, (les) 1 acte.
Divorce (le), par Demoustier.
Double assaut, en 1 acte.
Dragons (les), de Pigault.
Dragons en cantonnement, id.
Ecoles (l') des jeunes femmes, de Collin-d'Harleville.
Empirique (l'), de Pigault.
Fausse (la) mère, en 3 act.
Femmes (les) en 3 actes, en vers de Demoustier.
Foux (les) hollendais, ou l'amour aux petites maisons.
Frères (les 2), de Patrat, en 4 act. en prose.
Henri et Périne, de Dumaniant, en 1 acte.
Homme (l') à trois visage.
Inconstant, (l') de Collin.
Isaure et Gernance, de Dumaniant.
Intérieure (l') des comités révolutionnaires.
Intrigans, (les) de Dumaniant.
Intrigue (l') épistolaire, 5 actes.
Jaloux (le) malgré lui.
Je cherche mon père.
Jeune (la) hotesse.
Jocrisse changé de condition.
Jocrisse congédié, de Dorvigny.
Jodelet, de Dumaniant.
Jugement de Salomon.
Kiki, ou l'île imaginaire, folie en 3 actes.
Kosmouck, ou les Indens en Angleterre, en 5 actes.
Laure et Fernando, en 4 act. de Dumaniant.
Lovelace français.
Madame Angot au sérail.
Maison (la) de prêt, en 3 actes.

Mariniers de Saint-Cloud.
Mari (le) coupable.
Mariage (le) de Jocrisse.
Marquise (la) de Pompadour.
Minuit, de Desaudras.
Mœurs du jour, en 5 actes.
Naufrage, (le) ou les héritiers, Du-val.
Niais de Sologne
Nitouche et Guignolet, en 1 acte, de Dorvigny.
Nourjabad et Chérédin, en 4 act. en prose
Orpheline, (l') de Pigault.
Paix, (la) de Aude, en 3 actes.
Partie, de chasse de Henri IV, n. édit.
Paméla, en 5 actes, en vers.
Perruque (la) blonde, Picard.
Petit Mensonge, (le) 1 acte.
Préjugé (le) vaincu.
Provinciaux (les) à Paris, en 4 act. de Picard.

René Descartes, de Bouilly.
Rivaux (les) d'eux-mêmes.
Robert, chef des brigans.
Roland Monglave.
Rosa ou l'hermitage du torrent.
Rosélina ou le château de Torento.
Ruse déjouée, de Dumaniant.
Secret découvert, Dumaniant.
Sérail du Grand Mogol, 3 actes.
Sourd (le) ou l'auberge pleine.
Souper (le) des Jacobins.
Souper (le) imprévu, ou le cha-noine de Milan.
Tribunal redoutable, suite de Ro-bert.
Vengeance (la), de Patrat.
Victimes (les) cloîtrées.
Veuve (la) du républicain.
Victor ou l'enfant de la foret.
Vieux (le) célibataire, de Collin-d'Harleville.

OPÉRA.

Ambroise, de Monvel, 2 act.
Anacréon chez Polictate.
Bénouski, de Duval, 3 act.
Deux journées, Bouilly.
Duel (le) de Bambin, de Dumaniant.
Entresol (l').
Epreuve (l') du républicain.
Faux (le) monnoyeur.
Gulnare, de Marsollier.
Léonore, ou l'amour conjugal.
Maison (la) isolée.
Mari d'emprunt, en 1 acte.
Mélidor et Phrosnie.
Odoiska, ou les tartares.
Oncle (l') et le valet, Duval.
Owinska, en 3 actes.

Pauvre (la) femme.
Pierre le Grand, de Bouilly.
Prisonnière (la), en 1 acte.
Raoul barbe bleue, de Sédaine.
Raoul, sir de Créquy, de Monvel.
Sargines, de Monvel.
Sophie et Moncar, de Guy.
Stratonice, en 1 acte.
Trente et Quarante, Duval.
Une matinée de Catinat, ou ta-bleau, de Marsollier.
Venzel, ou le magistrat.
Visitandines, (les) de Picard.
Zoé, ou la pauvre petite.
Zoraïme et Zulnare.

VAUDEVILLES.

Amans (les) prothée.
Amours (les) de M. Jaquinet.
Assemblées (les) primaires.
Avare (l') et son ami, par Radet et Rabauteau.
Aveugles (les) mendians, en 1 act. de Léger.
Banqueroute du Savetier, en 1 act. de Martainville.
Berquin, en 1 acte.
Billet de logement, en 1 acte.
Boites (les) du camp de Grenelle.
Cadet Roussel aux Champs-Eli-sées, ou la colère d'Agamemnon.

Cacaphonie, (la) ou la paix.
Champs (le) de Mars.
Chasse (la) aux loups.
Chaudronier (le) de Saint-Flour.
Cricri, ou le mitron de la rue de l'Oursine, par l'auteur des deux Jocrisses.
Christophe Morin, en 1 acte.
Danse (la) imterrompue, de Barré et Ourry, en 1 acre.
Déguisement villageois.
Désirée, ou la paix au village, al-légorie, en 1 acte, par Etienne Moras et Nanteuil.

www.ingramcontent.com/pod-product-compliance
Ingram Content Group UK Ltd.
Pitfield, Milton Keynes, MK11 3LW, UK
UKHW022346120726
13694UKWH00004B/1710